삶의 꽃을 피우리

삶의 꽃을 피우리

2025년 4월 17일 제 1판 인쇄 발행

지 은 이 ㅣ 이화정
펴 낸 이 ㅣ 박종래
펴 낸 곳 ㅣ 도서출판 명성서림

등록번호 ㅣ 301-2014-013
주 　 소 ㅣ 04625 서울시 중구 필동로 6(2층·3층)
대표전화 ㅣ 02)2277-2800
팩 　 스 ㅣ 02)2277-8945
이 메 일 ㅣ msprint8944@naver.com

값 10,000원
ISBN 979-11-94200-88-8

삶의 꽃을 피우리

다인 **이화정** 시집

도서출판 명성서림

1부 인연

2부 삶의 여백

3부 인생의 미학

4부 희망을 노래하며

5부 인생의 쉼표

1부

인연

세월의 봄

물빛 하늘 따사로운 햇살 아래
미소 짓는 만개한 벚꽃들의 봄의 향취
노오란 개나리의 상큼함도
초록 잎새들도
봄바람에 너울댄다

출렁이는 강의 물빛 따라
벚꽃 향기 봄의 푸르름에
세월을 잊은 듯
활짝 피어나는 봄꽃들의 미소처럼
오가는 사람들의 얼굴에
꽃향기 따라 웃음꽃

잔잔히 흐르는 물결 속으로
삶의 고뇌 슬픔들을 흘려보내고
꽃이 피고 지는 계절의 변화에
순응하며 하늘 물빛 머금은
세월의 봄을 반긴다

눈물

슬퍼서 슬픈 것 만으로
눈물짓지는 말자
내 안에 슬픔은 가슴으로 울 줄 아는
때론 눈물을
아껴두는 사람들이 되자

내 슬픈 눈물이 아닌
나보다 연약한 것들을
보듬고 안아주지 못하는
우리의 닫혀진 가슴을 꾸짖는
가슴 큰 눈물을 짓자

내 슬픈 것을 타인이 어루만져주길
바라는 눈물을 흘리기 전에
서로가 서로를 보듬고
이겨내야 한다는
용기를 줄 수 있는 눈물을 짓자

가슴으로 울 줄 아는 사람
이미 그 사람은 눈물을 삼킬 줄
아는 사람이다
그래서 슬픔을 가슴에 묻을 수 있는
큰 눈물을 짓는 사람이다

메마른 가슴

메말라 앙상해진 가슴이
하늘을 향해 기지개를 편다
지난해 눈 위를 걷고
새순이 돋고 계절이 지나온
시간의 그늘 속에
공허한 가슴이 흔들어낸
사연에 사뭇 성숙한
미소가 일렁인다

무디어진 가슴에 선율은
높고 넓은 하늘의 관대함에
도려내던 심장이 아팠던
마음 언저리가
하루가 지는 석양 앞에서
세월에 성숙해진 영혼 스스로
겸손히 고개 숙여
미소 짓는다

침묵

기도하는 시인의 마음은
기쁨 슬픔 행복 불행 등의
수많은 언어의 메아리들을
고독의 무게로 침묵한다

인생의 긴 여정 위에서
만나고 헤어지는 인연의 굴레란
인생의 여울목에서
삶의 이정표를 따라
수많은 언어들을
가슴으로 토해낸다

슬픈 침묵을 삼키며
해와 달 산과 바다 자연과 벗을 하며
밤하늘에 별을 새며
달빛 아래 고독감으로
삶의 언어들을 승화시키는
시인의 침묵

안으로 삭혀진 세월

나무 한 그루의
단단한 뿌리를 흙으로 덮듯이
마음속에 흐르는 아픈 눈물도
안으로 삭혀 뿌리를 덮고 산다

바람이 부는 황량한 무게로
영글어진 아픔이 와도
흙으로 덮을 줄 아는 넉넉함이 있어
꿋꿋하게 슬픔을 이겨낸다

안으로 삭혀진 것이기에
세상을 향해 타인을 향해
웃을 수 있는 아량이 있고
늘 그렇게 살아온 세월만큼
나의 길을 묵묵히 걸어갈 뿐이다

언제고 돌아갈 나의 육신이
흙으로 덮혀 무언의 침묵으로
반추의 세월을 넘나드는 기억 마저
희미해질 때도 삭혀진 아픔은
바람을 타고 먼지처럼
날아갈 뿐이다

겨울 인사

겨울을 알리는
쓸쓸한 서성거림으로
가을 속에서 물들었던 낙엽들은
한잎 두잎 퇴색 되어가는
계절의 추억을 남긴다

겨울을 맞기 위해
한 겹 두 겹 옷을 벗는
푸르름을 자랑하던 나무들도
한 해 동안 고운 빛깔로
활짝 피우던 꽃들도
고즈넉하게 물든 단풍잎들도
허전한 미소로 겨울을 반긴다

앙상해진 나무들은
텅 빈 외로움으로 침묵하고
둥지 튼 새들의 겨울도
이듬해 봄을 맞기 위해
다시 보자는 아름다운
계절의 약속이다

노을

작은 새 한 마리
붉게 물든 노을 앞에서
날갯짓으로 회유하고
젖은 내 눈망울도
지나가는 바람처럼
회상에 잠겨
꽃내음 향기 품은 길 따라
오늘의 발자국을 남기어 가며
살아온 세월들이 저만치서
빛바랜 추억으로 물들고
익어가는 나이에 익숙한 만큼
저 노을과 함께 나의 삶도
행복의 여정들이
소담하게 핀 꽃처럼 방긋 웃는다

첫사랑

아침 햇살처럼 포근함 속으로
가녀린 여인의 향기로 다가서던
여린 꽃잎 수줍은 미소 첫 느낌

다정한 눈빛 따스한 손길 마주 잡고
가을 길 따라 코스모스 은은한 향
사랑의 연가를 부르던
첫사랑의 가녀린 포옹

시간의 이정표를 따라
빛바랜 추억 사이로
비의 선율로 슬프게 다가오기도
첫눈의 하얀 보고픔으로
서성거리게 하는
세월 속 감성의 물결 속에
그리운 나의 첫사랑

인연

인간사 희로애락에 맴도는 서글픈 사랑
마음을 또 비우고 비워도 사랑이었네
너는 나를 떠나고 나 또한 너를 떠났건만
그리운 얼굴 가슴에 묻고 바보가 된다
잠재우던 사계절의 봄을 너와 난 이별했구나
만개한 꽃들의 향연도 보지 못한 채
우린 이별을 했네
지나간 편린들의 기억들을
내 나이 불혹이 되어 되뇌어 보네
사랑아 너는 사랑을 아는가
사랑을 알 때쯤 아픔도 알 것이니
그대 행복하라 기도하네
사랑은 사랑을 낳는 법
다가가던 나를 떠나 보내던 못난 내 사랑아

아픈 마음

사람 사는 세상에
고독감이 밀려올 때
나를 믿어주는 이
몇이나 되고
내가 믿어주던 이들이
등을 돌려도
이 마음 숨 한번 내쉬고
또다시 평정심으로
아픈 마음 한 자락
허공 속에 날려 보내고
마음속 맑은 기도의
샘 속으로 내 영혼을 잠재우네

첫인상

맑은 별빛 같던
그리움이 텅 빈 가슴으로
세월의 정적 속으로 잊혀져 갈 때
흐르는 시계추에
나의 영혼을 맡기며
사랑의 빗장을 잠그던
긴 침묵의 시간들일 때

어디선가 내 심장을 두드리던
그윽한 음성 침묵의 미소
첫인상 속으로
닫혀졌던 마음에 빗장이
수줍게 문을 연다

첫사랑의 설렘처럼
하얀 첫눈의 그리움처럼
나비를 기다리던 꽃처럼
멈추었던 사랑의 언어들이
하나둘 별빛 향연처럼 반짝인다

하얀 눈꽃 속

동백꽃 그리움으로

나의 사랑이 피어나고

날이 가고 달이 가고 보고픔 되어

너의 심장에 수줍게 미소 짓는다

고독의 무게

휘청거리는 작은 몸짓을
가누기 위해
무던히 이겨내던
계절이 지나가는 무상함 마저
흔들려가던 지나간 고독의 무게여

숨죽여 흐르던 내 안에
고스란히 영근 고독의 무게가
인간사 허무함이 깃들어
가슴 깊이 흐르는
눈물조차도 삼키고
초연함으로 이겨낸 세월의 눈물

한 꺼풀씩 벗겨지던
마음에 벌거숭이가 되어서도
이율배반의 뒤엉킨 세상에
존재하는 영혼이 되어서도
참고 이겨내야만 하던
고독의 무게만큼 세월에 향기만큼
더욱 성숙 되어간다

시가 내게로 온 날

영혼에게 말을 걸었다
외나무다리로 걸어온 우리네
인생살이에 겹겹의 사연들이
가슴에서 하나둘 쏟아져 내린 날
마음과 영혼 사이에서
수많은 언어들을
토해내기 시작했다
알알이 영근 삶의 여정 위에서
뒹굴던 삶이란 인생의 무대 위에
어릿광대이던 우리의 몸짓들이
바람결에 흩어지는
회상 속에 너울대며
시가 되어 내려앉는다

마음속 염원

영혼의 울림으로 쓰여지는
언어의 향기 속으로
내 마음을 잠재운다
일상의 편안하기도
지치기도 하는
마음속의 안온함의 기도가 모여
달이 가고 해가 가는
분주한 삶 속의 언어의 씨앗들이
서로의 삶에
잔잔히 미소 짓게 하는
보듬어 줄 수 있는 말의 향기가
세월의 여울목에서
은은한 꽃으로 피어나기 바라는
마음속 염원

바람이 전하는 말

키 작은 하늘에
바람이 와 스며들어
야윈 내 가슴 속으로 다가와 속삭인다

세월은 그저 말없이 흘러가니
너무 조급하게 살지 말라고

사랑은 시절 인연처럼
떠나가기도 다가오기도 하는거니
사랑으로 가슴 아파하지 말라고

삶에 여유를 가지고
차 한잔 기울이며
꽃 한 송이 가꿔가듯
인생을 가꾸다 보면
사랑도 꿈도
인연 속에 피어나는 거라고

새해의 기도

세상살이 지치고 힘겨운 날들은
파도처럼 출렁이는
번뇌와 아픔들이 잔잔한
은빛 물결이 되기를
야윈 마음 두 손 모아
눈물의 기도를 하네

성냄과 미움의 묵힌 마음들은
흘러가는 바람결에 떠나보내고
흐린 세상을 맑은 마음으로
바라보는 어진 마음
지혜의 삶을 살아가게 하소서

선이 악을 이길 수 있다는
바른 진리로 어두운 마음들이 걷힌
세상을 밝히는 향연처럼
희망차게 웃는 푸르른
새날들이 되게 하소서

봄이 오는 향기

봄 햇살의 따사로운 포근함에
지난해 마음의 고드름들이
한 겹 두 겹 녹아내리어
새초롬한 봄 새싹들이
고개 들어 수줍게 자라난다

꽃들의 상큼한 계절
봄이 오는 향기가
싱그럽게 미소 짓고
한 계절이 바뀔 때마다
계절의 마음들이

아름답게 수놓는
인생의 그림을 그리며
봄꽃 향기처럼
내 마음도 살포시 피어난다

시간의 나이테

흐르는 시계추의 시간 속으로
계절의 나이는 성숙 되어가고
희미해진 빛바랜 추억들이
기억 속의 앨범처럼 생각나는
한 계절이 있다

즐거움과 고단함이 교차하는
우리네 쉼 없는 날 속에
공허한 마음 언저리 쓰다듬는
따뜻한 언어들이 그리운 날엔
정겹던 기억들이

가을과 겨울 사이를 물들이는
단풍과도 같은 시간의 나이테

2 부

삶의 여백

이별

짝 잃은 기러기도
훗날을 약속하며 이별하고
사랑도 이별 뒤에
기억 속으로 묻혀 지지만
맘속 깊은 그리움은
계절 따라 여운을 남긴다

옷깃을 여미게 하는
차가운 겨울바람은
발아래 떨어진 낙엽까지도
흩날리며 가을을 보내고

이별 뒤에 또 다른 만남을 기약하는
계절의 옷을 입힌다

삶의 여백

떠오르는 태양과 마주한
오늘이라는 큰 선물 속에
시간과 공간에 아름다운 삶의
여백을 채우며
우리는 지는 석양 앞에
다시금 내일을 꿈꾸며
희망을 노래한다

사랑도 우정도 함께하는
긴 여정 속에 꽃이 피어나듯
평온과 쉼을 주는 마음의 휴식은
부드러움과 온유함이 자라나서
너와 나의 길 위에 하얀 민들레
고개 들어 미소 짓는다

몽상가의 하루

시간이 초를 다투어
하루가 펼쳐지는 삶
거리를 누비는 수많은 발걸음에
시간이 멈추어질 수 있다면
되돌려 놓고픈
다반사의 사연들이 되기를
몽상가의 하루는 시작한다

삶의 절반만큼 살아온
기쁨 슬픔 사랑 희망과
뒤엉켜 지내온 시간 앞에
어느새 인생을 되묻는
나이가 가까워져 있다
세월을 지나간 삶의 추억들이
영화처럼 찍혀진다

그림자 같은 사랑

눈을 감아 떠오르는
잊혀 질 듯한 얼굴 너머엔
그림자가 드리운 사랑 하나가
사계절을 묵인한 채
나의 곁을 서성인다

사랑의 멍에로 눈물을 알았고
이별의 연습을 되풀이 해오던
그림자 같은 사랑

멍든 가슴 쓰다듬어
평온이 찾아들면
쓸쓸한 계절의 바람을 타고
엇갈린 인연의 이슬비가
가슴속 일렁이며 흘러내린다

비

음악이 흐르는
잔잔한 선율을 타고
지나간 날의 회상들이
비 되어 애잔한 슬픔으로
흘러내린다

해묵은 추억들이
감성의 물결로 일렁이고
무성한 사연들을 적시어 주듯
침묵으로 흐른다

하늘도 슬퍼할 때가 있고
우리네 감성 또한
해맑은 미소 뒤에 숨은
말 없는 비처럼 고독이 있으리라

겨울

한해를 동행하며 걸어온
계절의 발자욱은
이듬해 봄이 오기 위한
겨울 앞에 모두 잠을 잔다

하얀 겨울의 마음과
혹독한 추위를 동반하는 설한까지도
우리의 가슴으로 감싸안을 수 있는 것은
안으로 깊어지는
겨울을 닮아가기 때문이다

가지 위에 고개를 떨구고
뒹구는 쓸쓸한 낙엽 사이로
우리는 세월 앞에
인생의 삶을 살아왔고
봄이 되면 녹아드는 겨울 설원의
깊은 마음을 닮은 까닭이다

한 해를 보내며

늦가을 잎새들도
한 해가 저무는지 아는 듯
잎새들을 떨구어 놓고
겸허하게 고개 숙인다

다가오는 겨울에 하얗게 쌓일
정겨운 눈의 온기도
저물어가는 붉은 노을 앞에
다음 해를 묵묵히 기다리는
무심한 계절로 서성이고

사계절 속에 찾아드는
행복의 씨앗들이
늘 그 자리 그대로의
자연의 섭리를 닮아갈 수 있다면
초연히 마음속
나무 한 그루 심어질 것이다

슬럼프

형형색색의 도시의 네온이
흔들리는 거리의 향연처럼
영혼까지 흔들려가던
깊은 시름에 헤맬 때
잠시 잃어버린 내 영혼이
휑하니 외톨이로 서 있었다

가을이 지나고 겨울을 알리는
뒹구는 발아래 낙엽들이
사람들 발자욱에 묻혀가고 있을 때
물들어버린 낙엽마저도
퇴색 되어버린 나의 마음을
외면하는 듯하다

닫혀졌던 마음속의 찌꺼기들이
버리지 못했던 허물들이
나의 영혼을 잠재우던
작은 모습임을 깨달았을 때
나는 하늘을 향해
묵었던 응어리들을 풀어 던졌다

상처

어루만져주는 이 없던
외로운 등대처럼
상처라는 등불을 켜고
등대의 그림자 되어
바다를 바라본다

바다를 향해 돌을 던지니
바다는 말없이 받아주는 듯
아픈 것을 모르는 인간의
무지함에서 주는 상처이리라

쓰리고 아팠을
작은 돌멩이 하나의 상처를
우리는 늘 잊고만 산다
남에게 상처를 주고도 모르는
현실이라는 이기주의

상처 난 가슴을
어루만질 수 없다면
더 이상에 상처를 주지 말자
상처가 아물기도 전에
또 한 가슴은 울고 있기에

국화꽃 사랑

가을 새가 울다가는
가을이 오는 소리에
국화꽃 한 송이 꺾어
내님에 두 손 위에 살포시
수줍게 건네 주련다

봄처녀의 불그스레한 미소로
국화꽃을 닮은 단아한 사랑으로
내님이 가시는 길에
한 잎 두 잎 나부끼련다

이 봄이 가고
이듬해 가을이 와도
내 사랑은 변함없으리
오지 않을 내님을 기다리는
가을 새의 외로운 사랑처럼

국화꽃 한 다발
황혼이 지는 어느 해에는
무덤가에 소복한
잔디를 쓰다듬으며
내님을 잊지 않고 사랑하리라

시간의 향기

한 잎 두 잎 초록 잎새들 사이로
가을바람을 알리는
스산한 바람이
마음에 완숙한 옷을 입을
계절의 준비를 한다
지치고 힘들던
마음의 찌꺼기들을
겸허히 내려놓는 것은
살아갈 고운 날들을
곱게 물들은 석양 앞에서
먼 훗날 성성한
백발이 되었을 때
여유로운 자화상을 남기기 위한
한 계절의 소중한 시간이다

인연의 노크

소중한 삶을 위해
새로운 만남의 두드림으로
노크하던 날
처음인 듯 익숙함처럼
젖어 드는 만남
인연이란 서로의 느낌으로 만났어도
잠시 스치는 인연이 있고
오랜 여운으로 가슴에 남는
가을 단풍 물들이듯
가슴으로 보고픈 인연이 있고
늘 곁에서 바라 보고픈
인연이 있기에
내 마음속 인생길을 가꾸듯
인연의 꽃에 단비 같은 물을
정성껏 뿌려주며
함께하는 인연의 꽃들에
정성스런 맑은 마음으로 보듬어
안아주는 사랑꽃이 만발한 세상이기를

봄비

잔잔히 내리는 봄비 속에
지나간 추억들이 잔영처럼
아른거리면 사랑의 언어들이
하나둘 소리 없이 떠오르니
내 마음속에도 하얀 봄이 온다

내리는 봄비 속에
활짝 피어나는 꽃들이
꽃망울 터트릴 때
쓸쓸했던 내 마음 한 자락도
봄꽃처럼 피어나리

지나간 사랑에 이별을 묻어두고
봄 햇살 가득한 사랑이 다가오면
내 마음을 사로잡을 듯
꽃이 되어 살며시 미소 지으리

낙화

꽃잎들이 푸르게 미소 짓고
한 계절이 바뀔 때마다
새로이 피어나는 약속을 하며
여린 꽃송이 땅에 떨군다

온몸으로 한 송이 꽃으로
피어나기까지
비와 바람과 벗을 하며
인내의 시간으로 피어난다

모든이에게 예쁜 미소로 피어나는
꽃들의 향연은
이듬해 계절을 만나기 위한
낙화의 아름다움이다

흐르는 강

흐르는 것이 강뿐이랴
내 안에 깊게 고인 눈물의 골짜기
묵묵히 흘려야만 했던
이내 가슴에 눈물의 강은
세월이 갈수록
그 마음 강물 되어 흐른다

맘속 깊은 곳에 눈물의 강은
세월의 계절들만큼
흐르는 것은 흐르는 대로
머무는 것은 머무는 대로
그저 그렇게 무의 경지로
다 달아가는 말 없는 침묵을
알아가기 때문이리라

이듬해 봄이 오면

봄의 향기가 나를 부를 때는
지난해 설야 속에
한 해를 보낸 이별의 아픔을
딛고 일어서리라

빼곡히 적은 언어들의
향연도 줄을 지어
내 마음을 따라서

슬프면 슬픈 대로
기쁘면 기쁜 대로
고운 인연의 만남들은
나의 좋은 벗이 되어
봄을 향해 달려간다

비 온 뒤의 상념

밤새 빗물 사이로
마음속 찌꺼기들이 씻겨 내리고
초록 잎새에 맺힌 이슬방울 위에
사뿐히 앉은 새들의 지저귐이
상쾌함을 준다

비 개인 맑은 햇살 푸르름 사이로
뭉게구름 두둥실 푸른 하늘과
초록 나무들과
키 작은 풀숲 사이로 걸어간다

내면의 생채기들을 치료하듯
여린 꽃잎 고개 들어 웃으라 하네

외로움

은빛 물결 강가에 앉아
지나온 추억들을 떠올려 보며
살아갈 남은 날들에
아름다운 기억들은
별빛 헤이는 밤이 오면
외로움에 정적 속으로
맑은 기도의 연약한 촛불은
소망 속에 밝게 비치네

내님의 마음은 언제쯤
사뿐히 내 심연 속에 오시려나
오실 날 기약하며 사위어가는
수줍은 고백 고운 미소 속에
기다리는 여심

3부

인생의 미학

사랑하는 그대에게

그대의 따사로운 눈빛이
나의 젖은 눈망울에
미소 짓게 하고
사랑과 행복이 우리의
마음속에 자라나서
봄이 오듯 꽃으로 피어나
사랑은 깊어가네

나의 소담한 마음을
그대에게 살포시
매화꽃 피듯 고백할 때
그대는 두 손으로
나의 수줍은 두 뺨을 어루만지고
이것이 서로에게
행복임을 알았을 때
우리의 연정은 깊어만 가네

너를 보내며

고요한 달빛 창가에
비추는 너의 얼굴
계절의 향기 너머로
그리움의 잔영이 너울댄다

사랑이 익어갈 즈음
인연에 이별을 하고
우리의 아름다운 기억들이
꿈속에 그리움이 되었다

사랑을 아직 활짝
피우지 못한 채
아쉬운 이별 앞에
더 주지 못한 나의 사랑이
가을빛 추억 속에 아른거린다

고운 인연

시절 인연으로 만나
훈훈한 정으로 세월 속
아지랑이가 피어나듯
신뢰로 다져지는
고운 인연들이 있어 행복합니다

차 한잔 기울이며
즐거운 이야기로 담소 나누고
술 한잔 기울이며
서로의 애잔한 사연들을 꺼내 놓는
우리들의 우정은 아름답습니다

시간의 꽃이 피어나고
세월에 단풍이
곱디고운 빛깔로 물들 듯이
세상사 조금은 더디게 가더라도
고운 인연 앞에 감사합니다

언제나 웃으며 볼 수 있는
인연의 정이 나이와 함께
조용히 익어갑니다

삶의 향기

살아온 삶의 궤적을 따라
농익은 나이가 익어가고
운무에 가리워진 푸른 가을하늘
드높은 사색의 계절

지혜를 일깨워준 삶에 이야기들은
기쁨, 고뇌들이 세월의 흔적 따라
오색 단풍이 물들 듯
성숙한 자태로 완숙되어 가는
나이듦은 아름답다

고즈넉한 계절의 향기만큼
비우면 다시 채워지는
우리들의 삶의 향기는 깊어만 가네

소망

밤하늘에 별을 새며
고요함의 정적 속으로
내 안에 잠들어 있는
하얀 소망들을 꺼내본다

한세상 살아가며
시절 따라 조금씩 이루어내던 소망들
잘 견디어 온 세월
나이가 익어가도
가슴 속에 소망 한 아름 이루고 싶다

청춘일 때
중년일 때
노년일 때 이루고 싶은 것들

저 하늘 밤 별들처럼
예쁜 소망 하나둘씩 반짝이고
하루에 감사함으로
나의 마음은 촛불 앞에 겸허해지는
고운 마음에 기도를 한다

사랑을 수놓는 날

한 땀씩 한 땀씩
사랑의 수를 곱게 놓아
그대 내게 돌아오는 날에
그대 가슴에 안겨주리니

보고픈 날들은 사랑이라 여기며
고요하고 적막한 밤
하얀 밤을 지새우며
정성을 담아 수를 놓습니다

만개한 가을꽃처럼
환하게 다시 만날
우리의 야윈 사랑을 위해
오늘도 나의 마음은
가을 벤치에 앉아
그리움 되어 기다립니다

가을 국화 향기가
시간의 바람을 타고
내 마음에 여린 사랑을
한 아름 안아 줍니다

사연

고요한 언어 속으로
밀려드는 삶의 고뇌 뒤엔
기쁜 날들이 웃으며 다가오듯
저마다 가슴에 품고 사는
아픈 사연들이 있다

떨어지는 꽃잎들도
나 뒹구는 낙엽들도
계절이 피고 지는
몇 번의 시름 뒤에
피어나는 사연 하나 있다

달빛 창가로 비추는
아롱지는 달그림자
오늘은 유난히 밝아서
세상의 모든 생명에게
환히 비춘다

그리움

꽃잎에 맺힌 이슬방울처럼
젊은 날 기억들이
방울방울 그리움 되어
빛바랜 추억들은
세월 속에 사위어 간다

부서지는 하얀 파도처럼
밀려오는 가슴 한편에
침묵으로 간직해온 일렁이는 그리움은

아련했던 사랑 이야기
해맑았던 우정 이야기

남은 인생의 여정을 함께 할
마음 편한 이들과
도란도란 이야기꽃 피워서
하얗게 밤을 지새우며
새날에 그리움이 되고 싶다

회상

매화꽃 향기 피어날 때
애틋했던 나의 마음도
마음속 깊이 자라나던
옛사랑이 지나간 자리에
노을빛은 물들어가고

연잎 끝에 이슬 맺힐 때
나의 눈망울에도 맑은 눈물 흐르던
108번뇌의 참회 속에
인생의 세월이 무르익어 가는
간절한 기도의 세월들

새순이 돋고 꽃이 피고 지고
가을의 오색 단풍이 물들던 향기 속에
겨울은 앙상해진 나무를 지키며
새봄이 오기까지 품에 안듯
어느새 어른이 되어 가는
중년의 회상은 깊어만 간다

인생의 미학

이른 아침 밝은 해가 떠오르고
여명이 비추어질 때
하루의 행복만큼의 분량을
마음에 새기며 살아온
인생의 여정들은 한 계단씩
오르던 삶의 깊이만큼
나이가 익어간다

아픈 가슴 달래며 며칠 밤을
지새우던 희망을 생각하며
달려온 외길 인생 속에
함께 해주던 인생의 벗들이 있었기에
잘 견뎌온 인고의 세월

서로의 잔잔한 미소만으로도
나는 너에게 너는 나에게
인생의 미학을 논하는
아름다운 인연이라네

사랑이 외로움 되어

쓸쓸히 길을 따라 걸으니
한 송이 홀로 핀 꽃처럼
덩그러니 옛 그리움이 넘실대는
추억들은 침묵 속에 상념들로
희미해진 눈동자 속에 아른거린다

너와 나의 거리는
시간 속에 퇴색된 기억 너머의
외로움 되어 홀로 서서
세월의 이정표를 따라
한 계절의 그리움으로 서성거린다

지긋이 눈감고 너의 향기를
가슴앓이 사랑으로 품에 안으며
지나온 추억의 거리만큼
기억 저편에 우리의 사랑이
외로움 되어 바람결에
이슬비로 흘러내린다

기다림

봄소식을 알리는 새들의 지저귐은
마음 한편 간직한 그리운 기다림을
알리는 청아한소리

지난해 앙상한 나뭇가지의 겨울을
이겨내고 피어나는 꽃들의 아름다움은
기다림이 주는 봄의 향취

시원한 파도 소리 들리는 푸르른
바닷가에서 마주한 손 사랑을 꿈꾸던
여름날 해변의 발자국

가을 코스모스가 피어나면
내님의 모습도 순백의 사랑이었던
그 시절 순수의 이름으로
기다림 되어 피어나리

봄의 노래

벚꽃들이 길가에
활짝 피어 웃음 짓고
노오란 개나리도
봄을 향해 미소 짓는다
초록 잎새들이 피어나는
봄의 향취 여린 잎들의
가녀림 뒤엔
겨울을 묵묵히 이겨낸
강인함이 있다

자연이 주는 섭리 속에
향긋한 봄 내음에
감사함을 느끼며
여기저기 피어난 꽃잎들처럼
파릇한 잎새들처럼
우리의 봄도 마음속에
은은한 향기로 피어나서
내일을 향해 봄과 함께
희망의 노래를 부른다

아름다운 사랑

별빛 밝은 창가에 앉아
하나둘 별을 새며
수놓은 너와 나의 사랑 이야기
만남은 인연을 잉태하고
인연의 이어짐은 서로의 노력의 결실
너의 진솔한 미소와
나의 수줍은 하얀 고백 속에
사랑은 목련꽃처럼
아련하게 피어난다
우리의 만남에 편린들이 모여
추억을 노래할 때
사계절의 향연 속에
아름다운 사랑꽃 피었네

겨울비

겨울이 깊어가는 한 계절
한 해를 보내고 새로운 날들을 위해
기도하는 삶의 여정에
마음속에 찌꺼기들을 씻어내리듯
겨울비가 내리는 고요함 속으로
잔잔한 선율이 흐른다

나이가 익어갈수록
한줄기 비의 의미도
삶의 한 부분처럼 흘러내린다

조용한 빗소리에 살아온 생의
조각들을 회상하며
찻잔 속에 그리움으로
지나온 삶을 되새겨 본다

영글어가는 세월의 모습들이
한 해 두 해 나이테를 만들며
더욱 완숙 되어가듯
겨울비 속에 소리 없이 젖어본다

하얀 눈이 내리는 날

하얀 하늘 꽃송이가
맑은 눈꽃으로
설렘으로 내리고
순수한 미소를 머금은
아이의 눈망울처럼
온 세상이 하얗게 채색되어 간다

앙상해진 갈대들과
초연해진 나무들 사이
여린 꽃잎이 지고 난 후 겨울을 맞는
하얀 눈 꽃송이가 애잔하게
새봄을 기다리는 겨울 인사를 하네

새싹이 돋는 봄의 향취를 위해
무언의 약속을 남기며
사랑과 감사의 메아리로
하얀 눈이 소리 없이 흩날리네

4부

희망을 노래하며

연

파릇한 새싹이 돋아나듯
우리네 살아가는 삶 속의 연이란
사랑도 꽃피우고
우정도 자라나는
한 송이 꽃이 단비를 만나
더 곱게 피어나는 사랑의 연
한 그루 나무가 숲을 만나
삶의 여정을 함께하는 우정의 연
우리네 인생 속에서
곱게 물들인 사랑과 우정은
서로에게 잔잔한 미소가 되어
늘 변함없는 상생의 연을
이어가야 하리

사랑하는 그대에게

그대의 따스한 눈빛이
나의 젖은 눈망울에
미소 짓게 하고
사랑과 행복이 우리의
마음속에 자라나서
봄이 오듯 꽃으로 피어나
사랑은 깊어가네

나의 소담한 마음을
그대에게 매화꽃 필 때
고백하고 우리의 연정은
사랑이 되어 그대의 그윽한 향기
내 마음을 수줍게 사로 잡네

인향의 꽃 피우리

이 넓은 세상에서
너와 내가 만나서
우리는 인향만리의 향기로
서로의 삶을 응원해 주며
침묵의 미소로
우정과 사랑으로 꽃피우네

눈물겨운 날 일때도
웃을 수 있는날 일때도
세월의 흐름 속에서 변치 않는
우리들의 우정과 신의는
아름다운 만남을 이어가는
향기 나는 꽃으로 활짝 피어나리

벗들이여
함께하는 시간 속에서
인품 있는 인생의 어른이 되어
말의 향기와 인향의 향기로
서로를 소중히 여기는
아름다운 인연의 꽃 피어나리

영혼의 시인

잔잔히 흐르는 물처럼
내 마음의 영혼도
침묵 속에 고요함으로
은빛 물결 되어
삶의 여정 속에 언어들을
시로 엮는 시인이 되고 싶다

맑은 물결 위에 한 마리
작은 학이 청초한 자태로
날갯짓을 감추고 침묵하듯이
나의 시도 심연 속에 영글어가는
더욱 완숙한 언어들로
삶의 이정표를 따라
향기로운 글을 남기고 싶다

저 하늘이 부르는 숙명이
언제 일지는 모르나
내 삶의 조각들과
추억 속의 편린들을
하얀 도화지에 그리며
함께하는 사람들과
행복의 세월을 품고 싶다

설경

순백의 하얀 그리움 되어
온 세상에 내린 눈꽃 송이
첫사랑의 설레는 포옹처럼
포근하게 나를 감싼다

다시 만날 날 기약하던
첫눈의 약속은
세월 속에 잊혀져 가고
어느덧 그대와 나의
기억 저편에도
그리운 사랑한 점 피어 날까

소복이 쌓인 하얀 눈 위를 걸으면
아련했던 사랑도
기다림으로 쌓여만 가네

행복의 여정

이른 아침 따사로운 햇살 아래
잠든 영혼이 깨어나
심연 속 나의 고운 언어들로
오늘 하루도 감사함의 기도를 하며
서로의 안부를 전하는
사람들에게 고운 인연을 염원하는
삶의 여정은 행복이다

꽃이 피고 낙엽이 물들고
하얀 눈이 내리는
사계절의 향연은
긴 인생길의 여정 위에서
우리네 희로애락의 삶의 한 부분을
예쁜 추억으로 담으며
행복의 미소를 머금는다

사랑이 시작될 때

밤하늘에 촘촘히 박힌 별들 사이로
설레는 만남이 반짝이고
수줍은 사랑을 하고픈 준비를 한다

닫혀졌던 마음 한 자락 열리고
조심스럽게 다가가고픈 인연의 향기

가을이 무르익어갈 때
사랑을 하고픈 그 사랑 얼굴 하나
내 마음속에 아롱거린다

겨울이 오면 춥고 외로운 영혼
서로를 갈망하며
깊은 사랑이 되어
소담한 추억들로
사랑이 익어가고 싶다

그대 모습 나의 마음속에
영글어가는 사랑의 언어들이 되어
시간 속에 하나둘 꺼내고 싶다

진달래꽃 웃음

진달래꽃 수줍은 미소 지으며
만개하게 활짝 피어 있다

인생사 고뇌 속에서
나의 인생도 꽃피우며
활짝 꽃웃음 짓는다

연약한 연분홍빛
진달래꽃 피어날 때
내 어머니 주름진 얼굴
봄이 오면 잔잔하고
여유롭게 웃으신다

애야 저 분홍빛 진달래 필 때
너도 나처럼 감성에 젖어보렴
꽃 피우는 푸르른 미소 속에
인생도 피어나니
우리 함께 분홍빛으로 물들어
환하게 미소 짓자 구나

희망을 노래하며

하루의 시작을 위해
이른 아침 고요한 기도로
마음의 맑은 영혼을 깨운다

길가에 핀 키 작은 꽃들이
방긋이 사랑스럽게 미소 지으면
아침 햇살 아래
내일을 향한 희망이 샘솟는다

오늘이 없는 내일은 있을 수 없듯이
살아있는 모든 것들에 감사하며
우리의 지친 가슴에도
흐르는 감성의 물결로
잠자는 영혼을 일깨운다

우리들의 인연에도
따스한 마음의 향기가 스며들도록
서로에게 웃음꽃 피는
행복의 여정을 꿈꾸며
희망을 노래한다

매화 향기

봄이 오는 소리에
고즈넉하게 매화 향기
홀로 피어나니
매화 꽃잎 고귀한 자태처럼
나의 모습도 한 떨기
봄꽃처럼 은은하게 꽃이 되고 싶다

추운 겨울 이겨내고
꽃망울 터트리는 아련한
매화는 그윽한 향기 담아
보고픈 내님 소식
꽃 편지 담아 알려주려나

소망

밤하늘에 별을 새며
고요함의 정적 속으로
내 안에 잠들어 있는
하얀 소망들을 꺼내본다

한세상 태어나서
시절 따라 조금씩 이루어내며
잘 견디어낸 인고의 세월
나이는 먹어가도
가슴 속에 소망 한 아름 이루고 싶다

청춘일 때
중년일 때
노년일 때 이루고 싶은 것들

저 하늘 밤 별들처럼
예쁜 소망 하나둘씩 반짝이고
하루의 감사함으로
나의 마음은 촛불 앞에 겸허해지는
고운 마음에 기도를 한다

그대에게 하고픈 말

오늘도 시간은 가고
계절은 변해 가지만
그대에게 남기고픈
사랑의 연서는
가슴 깊이 익어 갑니다

만나고 사랑하고 이별까지 했는데
차마 하지 못한 이내 말들은
왜 이리도 많은지요

보고픔이 그리움 되는
저무는 해처럼
아쉬운 사랑이었음을
흐르는 세월은 말해 줍니다

좀 더 솔직하게 내 마음을
전하지 못한 지나간 사랑 앞에
알알이 영글어가는 마음속 언어들은
나의 체온만큼 따스합니다

삶

청춘은 꽃처럼 피어나고
노년은 물처럼 흘러가네
젊은 날의 회상들은
수많은 시간이 흐르고 흘러
예쁘게 수놓는 꽃무리들이 되어
빛바랜 추억으로 물들고
떨어지는 낙엽송에 침묵하는
나이 듦은 삶의 뒤안길에서
지혜를 일러주는
한 그루 뿌리 깊은 나무가 되어
고즈넉한 마음의 여백 속에
휴식 같은 친구가 되네

가을의 기도

갈색 바람이 스산히 불어오면
가을이 오는 길목에서
지나온 삶의 여정들과
인생의 무게들이
고요히 스쳐 지나고
파란 하늘 속 맑은 영혼을 깨우는 울림

생애 남은 날들은
오롯이 설 수 있는 강인한 마음과
좀 더 배려하는 아름다운 눈과
진실된 언어로
완숙한 사람이 되어
내게 주어진 것들을 사랑하게 하소서

지나온 날들에 후회보다는
희망을 품고 온유하게
미소 지을 수 있는
잔잔한 여유로움으로
살아갈 날들 앞에서는
겸손과 미덕으로 살아가는
가을의 기도가 되게 하소서

내 사랑 그대

닫혀졌던 내 마음의 빗장을
사랑으로 열어준 사람 그대입니다
잠자던 나의 영혼도
여린 사랑이 되어
그대 품에 달려 갑니다
서로가 살아온 다른 인생길에서
어느 날 하나의 마음과
하나의 몸이 되어
사랑은 깊이깊이 익어가고
서로를 갈망하는
눈동자 속에는
우리가 함께할 회색빛
추억들을 만들어 갑니다

가을 사랑

길가에 핀 코스모스 가녀림처럼
수줍은 미소로 그대에게 고백한 날
내 작은 손을 꼭 잡아주던 그대는
나의 가을을 닮은 사랑입니다

그대는 나의 향기가
영원히 잊혀 지지 않을
여린 꽃잎 향 내음을 닮았다 했습니다

쉽게 잊혀 지지 않을 사랑의 숨결
소중하게 서로를 갈망하던 그 시절처럼
나의 마음속에는 아직도 그대 모습이
하늘을 닮은 푸른 미소가
날아가는 새들처럼 아련합니다

사랑했으므로 사랑만이 남은 그대이기에
나에게는 영원한 가을 사랑입니다

그대가 그리운 날

봄비가 촉촉이 소리 없이 내리는 날
조용히 찻잔을 기울이면
그대 생각에 젖어 듭니다

오랜 시간 텅 비고 공허한 내 마음을
사랑으로 채워주는 당신이 있어
행복을 느끼는 여인이 되어
그대에게로 가는 나의 사랑은
애틋하고 잔잔한 그리움입니다

봄꽃들이 활짝 피어나
꽃들의 향연이 시작될 때
당신과 나의 사랑도
아름답게 물든 꽃잎처럼
짙은 그리움 되어 피어납니다

봄이 오면

봄꽃들이 피어나기 위해
움츠린 꽃망울들은
날갯짓하며 미소 짓고
아지랑이 피어나는 들녘에서
석양을 품은 내 사랑도
봄소식을 안고 다가온다

꽃들이 해맑게
활짝 웃는 봄이 오면
내님의 사랑도 살며시
내게로 와 입맞춤하고
진달래꽃 피어나듯
나의 마음도 연분홍빛으로
수줍은 사랑이 되어
그리움이 넘실거린다

5부

인생의 쉼표

비움

삶의 무게가 내 작은 어깨 너머로
버거워질 때 침묵으로
삶의 짐을 내려놓고 싶었다
남은 내 생애의 날들은
조금은 가볍게 슬픔도
지나온 삶의 무게들도
비어내고 싶던 간절함이었다.
내 삶의 운명을 모르기에
저 하늘이 부르는 숙명 앞에서는
나의 짐들을 내려놓고 싶다

이별

별 하나둘 헤이는 슬픈 밤
내 곁을 무심히 떠나간
그대의 빈 자리에
외로운 내 마음이 이슬방울 되어
홀로 피는 꽃이 되어 본다

지나간 기억 저편 우리의 사랑이
추억 속에 떠오르면
떠나간 그대 다시
내게로 올 것 같아
마음 한 자락 비워두고
영롱하게 빛나는 달빛 사랑 되어
그대 마음 안에 비추어 본다

상처

내 마음 상처를 잊으려 찾은
새벽안개 자욱한 강가에서
눈물이 소리 없이 흘러 내린다
상처만 남긴 엇갈린 인연들이
내게 남긴 삶의 무게와
가슴 저리는 슬픈 기억들이
말없이 떠오를 때면
나를 찾아 오롯이 인내하며
견디어낸 무정의 세월
이제는 아물어 가는 아픔을 뒤로하고
세월의 나이가 익어가니
안으로 더욱 단단해진
나의 삶은 성숙한 마음으로 깊어간다

고난

겨울바람이 지금의 고난 앞에
찬 서리가 내리듯 춥고 시리지만
힘겨운 날들이 지나면
봄볕 따스한 햇살로
우리의 인생은 새 생명으로 피어난다
눈물 뒤엔 미소가
참회 뒤엔 희망이
불행 뒤엔 행복이
오리라는 것을 믿으며
참고 견디어내면
고난은 이겨낼 수 있는
인생의 숙제라는 것을
추운 겨울의 여울목에서
새날을 향해 손짓해 본다

세월

젊은 날의 기억들은
사계절의 풍경 속에 살아온
잿빛 추억들로 남겨져서
입가에 미소가 번져가고
세월 따라 농익어 가는
나이 듦의 계절들은
완숙한 가을날 낙엽으로 자라나서
삶의 고뇌를 알아가는 어른이 되어
세상을 품에 안듯
강인한 세월의 뿌리가 되어간다

가슴앓이

밤에 정적 속으로 파고드는
가슴앓이는 가녀린 심장 소리처럼
지나간 옛사랑의 그리움에
날갯짓으로 까만 밤을 지새우고
사랑하였으므로 애달픈 사연 담은
연서를 써 내려가며
보낼 수 없는 편지는
덩그러니 나의 외로움 속에서
그리운 사랑 되어
하얀 별빛 속에
흐르는 눈물이 된다

친구에게

고독감이 밀려올 때
술 한잔이 노래가 되고
따뜻한 차 한잔의 여유 속에
우리들이 나누던 담소들이
곧게 자라나는 죽순처럼
단단하고 깊은 우정이다

흐르는 세월 속에
친구라는 이름으로 정겹고
따뜻한 마음 안에
허물없이 다가갈 수 있었다

삶에 비가 내리면
우산을 씌어 주었고
야윈 내 마음에
희망의 손을 잡아주던
고운 햇살 같은 그리운 친구야

어머니 마음

어머니 마음은
사계절을 품에 안고
새싹들을 피어 내는 자비로움처럼
자식에게 주는 그 큰 사랑은
푸르른 하늘을 닮았습니다

당신이 받은 상처보다
자식이 받은 상처를 보듬어
안아주는 순결한 그 마음은
흰 백합화처럼 청초합니다

하얀 백발의 노모가 되어도
자식 걱정에 두 손 모아 기도하며
아픈 눈물 짓는 당신은
어머니라는 이름으로 이 세상에서
가장 아름답게 빛납니다

동백꽃

선운사 뒷마당엔
기쁜 소식 전하는 아침 햇살이
봄과 함께 눈이 내린 설경으로
피어나는 빠알간 동백꽃 입술은
절세가인에 백옥같이 빛나는
아름다운 자태
겨울이 지나가는 시간 속에
님 향한 애틋한 연정은
고고하게 피어나 지조를 지키는
동백꽃 청초한 모습처럼
고운 사랑을 전한다

홀로서기

누구나 외로움으로 산다
혼자만의 사색에 잠긴다는 것은
오롯이 잘 이겨내는 강인함을
키우기 위한 홀로서기를 배우는 것이다
때론 혼자만의 여행을 가고
바닷가를 거닐며 추억들을 되새기고
삶의 이정표를 따라 살아온 세월을
되돌아보며 시간 속에 성장해 온
나 자신의 어른 됨을 돌보는 것이다
아침 햇살 아래 초록 잎새들과
향기 나는 꽃들을 보며
차 한 잔의 여유로
외로움이 아닌 내 안 내면의 상념이다
오늘도 조용히 하루의 삶을
잘 이겨냈다고 나 자신을 토닥이며
하루해를 갈무리 한다

다시 사랑이 되어

그대라는 존재가 내 심연 속에 흔들리고
잠시 머물다 간 계절이 아닌
익숙했던 사랑으로 시간의 거리만큼
그리움으로 일렁인다

공허한 새벽녘 별빛 창가에
그대의 모습은 기억 속에 편린처럼
까만 밤을 지새우며
내 맘속 사랑이 소담하게 피어난다

우연의 만남으로 인연이었던 사랑을
아쉬움으로 끝내 이별했지만
고요한 이 밤 아련한 입맞춤은
다시 사랑이 되어 그대 이름 불러본다

기다림

시간의 길 위에서
갈망하는 사랑의 목마름
하얀 목련이 빨리 지는 것이 아쉬워
떨어지는 꽃잎이 애틋한 것은
지워지지 않는 긴 그리움에
보고픈 모습을 잔영처럼
가슴에 묻는 서글품 때문이다
회색빛 추억 속에서
지나온 세월 앞에 바램으로
가슴안에 사랑을
다시 계절과 함께 하고픈
추억을 향유하는 기다림이다

슬픔을 아는 사람

슬픔을 아는 사람에게는
감성에 사색이 있고
인간미가 풍기는
편안한 친구 같은 휴식이 있다

맑은 눈망울 속에서 흐르는 눈물을
가슴으로 울 줄 아는 슬픔의 고독을
승화시키며 웃음꽃을 피운다

고운 손 내밀어
언어의 마술사가 되어
남의 슬픔을 토닥여 주는
넓은 바다의 마음을 닮은
아침 햇살 같은 사람이다

인생의 쉼표

살아오며 많은 날들이
달력 안에 숫자로
하루만큼의 삶의 분량으로 넘어가고
그 안에서 사계절의 향기를 느끼며
좋은 일 궂은 일들이
주마등처럼 흘러가는
세월의 연속인 삶의 무게에서
우리들 마음에 꽃이 피고 지듯
울고 웃던 추억의 날들이
흐르는 강물이 되어
은빛 물결 속에
회상의 몸짓을 하고
오늘은 인생의 쉼표로
노을 앞에 고요히 침묵한다

참회의 눈물

공허한 새벽
모두가 잠든 적막한 시간의 고요함은
생애 애착을 부여잡고
살아온 삶 속에서
내가 미소 짓게 해준 사람들과
행여 아픔을 준 사람은 몇이나 될까
밤하늘에 별들을 새어보듯
누군가의 마음을 아프게 한
지나온 삶에 죄가 있다면
내 눈물이 흐르고 흘러
강물이 될 때까지 참회하여서
봄날의 따스함처럼
미소 짓게 하여
내 마음에 맑은 기도로 보답하리라

저 하늘 별이 되어

하루의 삶을 소중히 여길 때
살아가는 날들이 행복이 되고
인연의 귀중함을 알 때
좋은 사람들이 다가오듯
이 생애 아름다운 기억이 된다

저물어가는 석양 앞에서
살아온 삶을 내려놓게 될 때
조금의 후회와
더 많은 감사함으로 살다가
사랑하는 이들에게
작별을 고하고

저 하늘 별이 되어
못다 준 사랑에 작은 별빛으로 비추리

비가 내리면

창밖에 소리 없이 비가 내리면
사랑의 선율로 다가와
못내 아쉬웠던 이별이
세월 속 사랑으로 남아
외로운 비가 되어
추억 속 얼굴이 아련함으로
슬프게 하늘에 그려진다
은은한 국화꽃 향기 찻잔 속에
비와 사랑 한 모금
긴 기다림을 마시며
사랑의 편린들을 꺼내본다

너에게

이른 아침에 눈 떠서
지저귀는 새소리의 청아함과
커피 향 은은한 세월의 향기를 마시며
하루를 열심히 살아내는
너에게 오늘도 응원할게
희비가 교차하는
우리의 삶 속에서
때론 누군가에게
위로가 받고 싶은 날은
서로의 마음을 보듬어 주듯
너의 지친 어깨를 감싸주며
힘들어하는 너에게
우산 같은 인생에 친구가 되어줄게
그리고 힘내
너는 이 세상에서 참 소중한
사람이란걸 기억하고
미소 지으며 활짝 웃어보렴

인연의 꽃

달빛 창가로 그리움이
살며시 다가와 비추고
여린 감성 사이로
기다림의 아린 사랑이
서성거리니
그대와 나 인연의 꽃은
언제 피어 날까요

한 생을 살아내기까지
저마다의 사연들이 있듯이
사랑으로 마음이 아려오는 것도
생애 한 부분일 텐데
인연의 꽃을 피우기 위해
많이도 돌고 돌아왔습니다

가까운 거리에서
함께하는 사랑이 있고
먼 거리에서 그리움으로
밤을 지새우는 아련한 빗물 같은
사랑도 있습니다

그대와 나 이제는
인연의 꽃을 피우기 위해
두 손 마주 잡고
저 붉은 석양과 함께
인생의 길을 아름답게 수 놓으며
함께 걸어가야 합니다